바람의 산책

박이정시선 05

바람의 산책

초판 1쇄 인쇄 2020년 2월 3일
초판 1쇄 발행 2020년 2월 7일

지은이 류성후
펴낸이 박찬익

펴낸곳 (주)박이정
주소 (우)130-070 서울시 천호대로 16가길 4
전화 02-922-1192~3
팩스 02-925-1334
홈페이지 www.pjbook.com
이메일 pijbook@naver.com
등록 2014년 8월 22일 제305-2014-000028호

ISBN 979-11-5848-446-0 (03810)

* 책값은 뒤표지에 있습니다.

바람의 산책

류성후 시집

(주)박이정

제2부 어머니를 그리며

제3부 세상 이야기 1

제4부 세상 이야기 2

제5부 아직도 부족한 사람

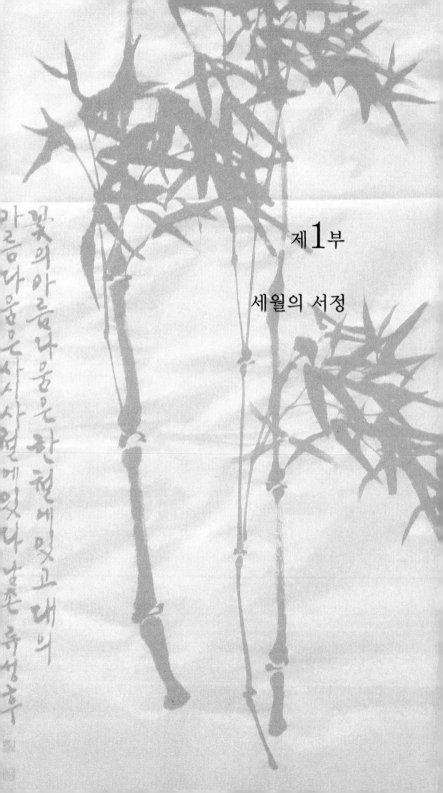

제**1**부

세월의 서정

웃음

겨우내 움츠렸던 가지 끝에
꽃이 피어 화사하듯
차가운 눈 속에서도
꽃잎 내어 은은하듯

메마른 얼굴이
웃음으로 환하다
냉랭한 얼굴이
웃어서 꽃으로 핀다
주름진 얼굴이어도
웃음꽃으로 아름답다

꽃은 제각각이어도
모두가 아름다워 꽃이듯
꽃은 제각각의 시절이어도
모두가 향기 내어 꽃이듯

아기가 웃는다

할아버지가 웃는다
농부들이 웃는다
시장 할머니가 웃는다
제각각으로 웃는다
제 향기로 웃는다

웃음은 제각각 모양이어도
모두가 아름다워 꽃이다
웃음은 제각각 향기이어도
모두가 향기라서 웃음이다

추석달

추석날 고향 들러 성묘하고
고향 동네 어른들 만나 인사하고
남장수 지리산 나들목 지나
인월 아영 흥부골 황금 들판 지나온다

동쪽 산마루에 추석달이 뜬다
들판 누렇게 익어가는
황금 들녘에서 놀다 왔는지
나락 색깔로 추석달이 뜬다

추석 보름달은 둥글고 크다
노랗게 익어가는 배밭에서
배 많이 먹고 나왔는지
통통하고 둥글다

추석 달은 푸근하다
고향 찾은 자녀들을 가슴에 품은
어머니 마음인지

푸근하디 푸근하다

보름달은 촉촉하다
아침 이슬 밟으며 논둑길 걸으신
아버지 바지인 양
촉촉하디 촉촉하다

추석달이 떠오른다
점점 높이 떠오른다
고향 이야기 가득 안고
환하게 떠오른다

봄비

따스한 햇살이 내려온다
땅 속에서 이야기가 들린다
겨우내 간직한 꿈 이야기가 들린다
아마도 새싹들이 겨울잠에서 깨어나나 보다

심드렁 불어대던 봄바람이
땅 훑고 지나가다
심술이 났는지
나무를 흔들어댄다
나무들이 속삭이기 시작한다

그래도
아직은 기지개는 켜지 못하고
땅 속에서
나뭇가지 속에서
속삭임 소리 커지니
시끄럽다 잠재우려 봄비가 내린다

쑥이 쑥쑥 나온 소리 듣고
클로버가 나와 소담스레 이야기하니
산수유 꽃이 수줍은 얼굴로 도란도란 이야기를 하니
개나리도 노오란 이야기를 한다.

곳곳에서 재잘거리는 소리 들린다
땅에서도 시끄럽고
나무 위에서도 소란스럽다

조용히 하라고 잠재우듯 봄비가 또 내린다.

이번엔 모두가 말이 없다
나풀거리며 춤만 춘다
점점 크게 춤을 춘다

향수

산기슭에 올라
멀리 트인 공간을
가슴 빈 곳으로 파고 오는 공간을 맞이한다

아래로 내려 나직이 흐르는 산등성이며
널찍이 펼쳐 있는 들판이며
길게 흘러가고 가는 강줄기가
가슴 저 끝에서 저려온다

위로는 푸른 하늘이
가다가다 희뿌옇게 아려 가다
멀고 먼 산 그 곳에서
뿌옇게 아려옴으로 맺어 간다.

무엇이 가녀린 마음이게 하는가
무엇이 애련(哀憐)한 마음이게 하는가

산기슭에 올라

멀고 먼 그리움에
한 마리 사슴처럼
뛰다 말고 길게 목 늘여
저 멀리 뒤돌아본다

출근하는 아줌마

머리 곱게 빗고
단정하게 화장하고
옷매무새 깔끔히 하고
가방 하나 들고
아줌마 출근한다

맑디맑은 눈매며
풋풋한 입술이며
깔끔한 얼굴을 하고
아줌마 직장에 출근한다

어제 있었던 온갖 희로애락은
곱게 머리 빗으며 다 빗어낸 듯
싱그러운 아침 바람을 숨쉬며 출근한다

맞이할 온갖 일들도
곱게 화장하며 달관한 듯
표정 하나 흔들리지 않고 출근한다

뒤에 남겨 놓은 가족도
옷매무새 다듬으며 초연한 듯
한 걸음 두 걸음 흔들리지 않는다

그녀의 가방 속에 무엇이 들어 있을까
아이들의 시가 들어 있을까
시어머니 이야기가 들어 있을까

그녀는 무엇을 담아 오려고
가방을 들고 또박또박 출근할까
그녀는 무엇을 풀어 놓으려고
가방을 들고 또박또박 출근할까

머리 곱게 빗고
단정하게 화장하고
옷매무새 깔끔히 하고
가방 하나 들고
아줌마가 출근한다

국화 1

소슬한 가을바람이 휑~ 하니 한 바퀴 돌아
아파트 어귀를 돌아나가는 끝에
국화 몇 송이 피어 있다

따끔한 가을 햇살도
싸늘한 가을바람도
서리와 함께 내려온 가을밤도
한 잎 한 잎 꽃송이를 만들어 간다

노~란 국화
자주색 국화
길게 실을 뽑아 또르르 끝을 말고 있는 실국화

야, 국화야
남들은 무서리 내리는 가을에 핀다고
너를 노래하지만
바보, 겨울에는 피지도 못할 것이
와 이리 추운 가을에 피노?

그래, 겨울에 피면 꽃이 아이지
그리 독한 것은 꽃이라도 꽃이 아이다

싸늘한 늦가을 바람에 치대이지만
따스한 늦가을 햇살과 속삭이는
너의 향기만으로도
나는 네가 좋다

깃발

흔하디 흔한 천으로 태어나
너는 어찌 깃발이 되었는가

무명 민초들의 옷감으로나 쓰이다가
바람 불어 땀냄새 풍기더니
일 년, 이 년, 십 년, 백 년을 그리하더니

이제는 분연히 기운을 솟구쳐
높~이 바람을 날린다.

잡초들의 높~은 뜻이 되어
이제 속으로만 되뇌이지 않고
분연히 긴 막대 끝에 달렸다.

민초들의 바람 소리를 담아
하늘 아래 잿빛 하늘에 펄럭이며 달린다
먼 먼 이상을 바라보며

가을 편지

하늘에서 오는
가을 편지는
맑고 햇살 진하다

단풍으로 노랗게도 붉게도
물들어 있기도 하고
가을바람으로 서늘하기도 하다

무리 진 코스모스로 화사하고
저 홀로 피어 있는
코스모스로 애련하기도 하다

가을 편지는
고추잠자리 나래에 실려 온다.
밭두둑의 익은 호박 같은 풍성함을 싣고 오고
알밤 되어 떨어져버린
빈껍데기 밤송이의 허전함을 싣고 오기도 한다

가을 편지는
찬 가을바람을 타고
국화 향기를 담아 온다

하늘의 가을 서정이다
가을 서정의 감사 편지이다

국화 2

어찌 이리 늦게 피었느냐?
넌 지각생이야

지각하면 선생님께 혼나는데
늦었다고

너도 지금 바람에게 혼나고 있지?
그래서 이리저리 흔들리고 있지?

아니야?
뭐 그냥 흔들고 있는 거야?

그래도 곧 혼날 거야
네 연약한 꽃잎에 무서리 내려서 너를 혼낼 거야

그래도 난 웃을 수 있어

그래
아무리 혼나도 웃는 네가 좋다
아무리 뭐라 해도 여전히 그윽한 네가 좋다

바람과 무서리에 향기 더욱 좋아져서
가을 하늘처럼 맑게 웃는 네가 좋다

바람과 낙엽

바람이 낙엽을 굴리고 있다
해해해 소르르 해해 굴리고 있다

"까불이 바람아, 까불면 혼나!"

봄엔 휘이잉 휘리리잉
잠자는 나뭇가지 마구 흔들어
숨어 자는 나뭇잎을 깨우더니만

여름엔 팔랑 폴랑 휘이휘이휘이이익
갖가지로 놀리더니만

가을이 되니 단풍잎 곱고 고와서
또 쉬이익 쉬익 떨어뜨려서
까불까불 또르르 히리리이잉 굴리고 있네
이 녀석

"까불어서 미안합니다. 안 까불게요"

그러나 또 다시

해해해 소르르해해 낙엽 안고 구르고 있다

벚꽃이파리 지는 길

벚나무 꽃잎 지는 길을 간다
꽃잎이 한둘 다시 대여섯씩
지고 또 지는 벚꽃 길을 간다

오르막 길 내리막 길
꽃 지는 벚나무 가로수 길을 간다
바람도 불지 않는 그 길을
지고 또 하염없이 지는 꽃잎들

화사하게 흐드러졌던 화려함을
미련 없이 떨쳐버리고
낮은 곳으로 내려와 깔려 있는 그 길을
나는 꽃이파리를 밟으며
비우며 비우며 간다

내가 가는 길 위에 꽃잎이 진다
나보다 화려했던 꽃잎이 진다
나보다 순수했던 꽃잎이 진다

나의 머리 위로 어깨 위로 꽃잎이 진다

나는 아무 말도 없이 걷기만 한다

난초 꽃(蘭花)

연구실 문 열고 들어오니
언젠가 맡아 본 그리운 향기가 난다
이게 무슨 향기일까
두리번거리다 난초 꽃을 찾았다

가까이 다가가 향기를 맡으니
진하게 다가오는 여인의 체취처럼
아련히 다가오는 고향의 향수처럼
가슴 깊이 깊~이 저려온다

게을러서 자꾸 게을러서
신경도 못 쓰고 물만 주었던 난초
물도 많이 주면 죽는다 하여
어쩌다 한 번씩 주었던 난초

아예 잎도 가늘어지고 키도 작아졌지만
올해도 가느다란 꽃대 내밀어서
연구실 가득 향기를 퍼뜨린다

흐~읍

한 호흡 들이키는데

갑자기 먼 곳에 나가 있는 딸들이 생각난다.

용돈도 박하게 보내주고 있는데

그래도 꽃대 내밀어

난초의 꽃을 피우려하는 내 딸들

용기 주는 말은 안 나오고

내 가슴 저 밑 저~ 밑에서 애잔함이 흐른다

다시 꽃잎을 들여다보며

길게 숨을 들이켜 본다.

큰 딸 결혼식

큰 딸을 유학 보낸 지 벌써 6년
딸이 방학이면 1년에 한 번씩 집에 들렀다
다른 부모들은 유학 보내고 자주 찾아가 보던데
우리는 부모도 아닌가 보다
한 번도 가보질 못했다

이제 나이 서른한 살
제 어미 "어디 좋은 남자 없나"
시집보내고 싶어 안달을 내더니만
이제 좋은 남자 만났나 결혼한다

신랑 신부 될 두 사람
코디네이션 헬퍼 친구들
바삐 식장 꾸미고 하객 맞을 준비하고
새 길 갈 준비를 하여 오늘은 식을 올린다

이제 결혼하여 더 한국에 자주 오지 못할
큰 딸의 손을 잡고 결혼 반주곡에 맞추어

앞으로 나아간다
기다리고 있는 신랑의 손에 넘겨주려고

부모가 곁에 있는 것이 행복할까
신랑이 곁에 있는 것이 행복할까
다들 부모가 곁에 있고
신랑이 곁에 있어 더 행복하지만
내 큰 딸은 제비 새끼처럼
신랑 신부 둘이서만 먼 미국에 있어야 한다

그래, 이 놈이 잘 하리란 믿음이 간다
이 놈이 나보다 열 배는 잘하리란 믿음이 간다
힘들고 어려운 길이라도 둘이 함께 하면 잘 될 거야
외롭고 고독하여도 둘이 함께 하면 행복할 거야

딸의 손을 신랑에게 넘기고
신랑 어깨를 다독인다
'그래, 행복해 다오'

'힘들 때나 즐거울 때나 함께 나아가 다오'

내 딸의 손을 잡고 신랑이 뒤돌아선다
내 딸과 함께 가겠다고 손을 잡고 간다
내 딸이 신랑의 팔을 끼고 간다

장식용 촛불들이 흔들리며 타오른다
꺼질 듯하다가도 다시 타오른다
'그래, 이놈들이 간혹 흔들릴 때도 있겠지만
결국은 잘할 거야'

나는 옆에 놓인 의자에 깊이 앉는다

덩굴장미 1

무엇이 그리워
담장에 기대어
고개를 갸웃거리며
해맑은 얼굴을 짓고 있는가

무엇을 기다리기에
푸른 옷을 입고
아가씨 꼴이 박힌
붉고 화려한 얼굴을 드러내놓고
길가를 기웃거리며
까르르르 웃음 짓고 있는가

무엇을 바라기에
커다란 부잣집
장난기 많은 딸부잣집 숙녀들이
길 지나는
백마 탄 왕자를 기다리듯
오늘도 고개를 길게 내밀어서 바라보고 있는가

덩굴장미 2

시내버스에서 내려 학교 가는 길
KBS 방송국 쇠살 담 사이사이로
덩굴장미 송이송이 바람에 흔들거린다

웃고 살아요 웃고 살아요
나처럼 진홍 웃음으로 활짝 웃고 살아요

저것도 힘들 때가 없었을까마는
그래도
저리도 아름다운 웃음으로
길 가는 사람들에게
웃고 웃고 살고 살자 하네

분재 소사나무의 겨울

자작나뭇과의 소교목 소사나무는
산기슭에 저절로 나는데
사람들이 억지로 캐 와서
자르고 또 잘라 분재를 만들었다

잘린 대로
모양새 잡힌 대로
줄기 나와 비틀어지고
작은 이파리도 나왔다 진다

세월이 흐른
굵은 뿌리엔 구멍이 나고
잘린 줄기에도
연륜인 양 구멍이 생겼다

소사나무 굵은 줄기와 비틀어진 가지는
이 겨울에도 차가운 눈발 맞으며
텅 빈 구멍으로

먼 곳 남쪽에서 오는
봄 소리에 귀 기울인다

아주 먼 곳 까마득한 봄 소리에
소사나무 분재는
작은 가지 귀여운 이파리 키울 소망으로
차가운 겨울을 견디고 있다

봄비에 지는 벚꽃 이파리

벚꽃 피어 송이송이 터지다가
내일이면 만개 되어 화사할 텐데
오늘 저녁 좀 많은 봄비가 내린다

봄비에 젖어 이기지 못하고
한 잎 두 잎
그러다가 우수수수
또 한 잎 두 잎
봄비에 얹혀 촉촉이 떨어진다

사람들이 아쉬워
봄비가 야속타 하지만
봄비에 젖은 벚꽃 이파리
크림 촉촉이 바른 여인의 볼이다
연분홍 꿈을 안은 여인의 마음이다

아무도 찾지 않는 섬

아무도 찾지 않은 섬이 있다
아무도 거들떠보지 않은 섬이 있다

아무도 찾지 않아도
그대로 존재하고 있다
아무도 거들떠보지 않아도
저대로 존재하고 있다

바위섬처럼 멋있지 않아도
바람이 불든 파도가 치든
그저 저대로 존재하고 있는 섬이 있다

그곳에 사람이 찾아가지 않아도
무언가 찾아가는 것이 있겠지?
그곳에 유명한 사람이 찾아가지 않아도
찾아가는 무언가가 있겠지?

글쎄다

……

그 무언가가 없다면
존재하지 않을까?
찾아가는 그 무언가가 없다면
존재하고 있지 않을까?

찾지 않아도
찬사를 받지 않아도
존재하는 그 자체로 아름다워서
바다엔 네가 필요해
바다엔 네가 있어야 해

가을 잎 몇 개쯤은 남길 만한데

여름 동안
타는 따가움과 찌는 무더위가
조금씩 준비해 온
천왕봉의 붉고 노란 가을이
한 켜 한 켜 내려오다
이제 교정에 물들어 있다

고운 가을 잎들은
미련 없이 바람에 떨어지고
뒹굴다 하염없이 처박힌다

은행잎은 떨어지고
느티나무 잎은 뒹군다
단풍잎도 뒹굴고
담쟁이 잎은 날리다 처박힌다

감탄도 아쉬움도
아랑곳 하지 않고

그저 하염없이 떨어지고 뒹군다

저리 고운 것 몇 개쯤은 남길 만한데
하나도 남길 생각 없이
미련도 없이
그저 떨어져 간다

만추 낙엽

바람이 아니어도
뚜욱~ 뚝 떨어지는 낙엽은
욕심을 부리지 않기 때문이겠지요?

노랗고 빠알간 잎들이
오래 붙어 있어도
누가 뭐라 하겠습니까마는
바람이 아니어도
저 홀로 뚜욱뚝 떨어집니다

바람이 분다 해도
떨어지지 않은들
아름다운 단풍을 누가 뭐라 하겠습니까마는
마냥 우수수 떨어집니다

뚜우~ㄱ뚝 뚜우~ㄱ뚝
우수수~ 우수~ 수수
말없이

아무 말도 없이
겨울 길로 떨어지는 것은
아름다움을 알고 있기 때문이겠지요?

깔따구와 잠자리와 나

강가 산책길에서
만나는 깔따구 떼
뭐가 좋아 저리도 덩키덩키 나노

지 없다고 누가 서운타 하나
사람들 손 저으며 깔따구 쫓으며 가는데

깔따구 떼 나는 곳에
빨간 잠자리 떼 날아들어
횡횡 깔따구 속을 날아 왔다 갔다 한다

깔따구가 뭐가 좋다고
저리 횡횡 날아다니노
지 안 난다고 누가 뭐라카나

깔따구 떼 잠자리 떼가 뭐라칸다
사람들은 뭐가 좋아 이렇게 다녀 쌌노
지들 안 다니면 누가 뭐라카나

내버려 둬라
덩키덩키 하든
휭휭 날아다니든
걷든 뛰든
다 소중한 것들이리라

그분이 보시기에
모두가 소중한 것이기에
강가 산책길은 즐겁다

고목(古木)의 가을

물러서지 않던 무더운 여름의 입김도
처서가 지나며 입이 비틀어져
밤이 되면 제법 서늘해진다
이른 낙엽이 한두 잎씩 떨어진다

그동안 긴 세월의 여정으로
수십 겹의 나이테를 가진 고목은
서너 개의 커다란 구멍을 휑하니 가진 채
가녀린 가지에 달린
낙엽을 한두 잎씩 떨어뜨리며
가을을 맞는다

곧 우수수 낙엽 지는 그날에
다 떨구었다 너무 슬퍼하지 않도록
하나씩 비워가며
긴 겨울을 준비한다

또 다른 봄에

새순을 낼 수 있는 가지가 있기에
구멍 난 몸뚱이 가녀린 가지지만
꽃을 피우는 즐거움이 조금은 있기에

때 이르게 낙엽을 한두 잎 떨구어 본다

계절과 대학

긴 겨울이 물러가고 봄기운이 돌면
대학은 새내기들의 봄이다
희망과 들뜬 마음으로
마냥 설레며 봄바람을 날린다

바람 불고 폭풍우가 몰아치는 여름이 되면
푸른 잎은 팔랑거리며 날리지만
나무는 더욱 나무다워지는 2학년같이 된다

가을은 성숙한 계절이다
과일들은 부쩍 크고 더욱 탐스러워진다
단풍나무는 그것대로
상록수도 그것대로
저마다 자기의 빛을 드러내고
성숙한 3학년처럼 자기 자태를 곱게 빚어낸다

겨울은 4학년이다
참고 견디며 말없이 안으로 준비한다

또 다른 봄을 잉태하기 위해
남몰래 나이테를 키우며
겨울을 견디어낸다

인생 골프

여보게
친구

골프는 사람에게 바르게 살라 하네
바른 폼으로 쳐야 잘 치듯이

골프는 사람에게 부드럽게 살라 하네
부드럽게 쳐야 잘 치듯이

골프는 사람에게 열심히 살라 하네
열심히 연습해야 잘 치듯
골프는 사람에게 단점을 보완하면서 살라 하네
그래야 양파를 안 하듯

골프는 여러 사람들과 어울려 살라 하네
여러 클럽을 잘 쳐야 잘 치듯

골프는 사람에게 욕심을 버리라 하네

너무 욕심내면 오비가 잘 난다네
골프는 끈기와 집중으로 살라 하네
18홀을 돌고 장갑을 벗어야 끝이 나듯

골프는 긍정적 마음을 가지라 하네
한두 홀 실수해도 다음 홀이 있으니까
골프는 희망을 가지라 하네
나만 실수한 것 아니니라 하네

골프는 두루 이웃들도 살피면서 살라 하네
주변 환경을 두루 살피고 퍼팅을 해야 하듯

골프는 용기 있게 살아야 한다고 하네
필드가 좁아도 과감하게 쳐야 하듯

골프는 과감하게 포기할 줄도 알아야 한다고 하네
공이 숲으로 가면 한 타는 포기할 줄 알아야 하듯

골프는 좋은 인생을 배우라 하네

동반자들과 좋은 관계를 갖는 것이 점수보다

중요하듯

한글 사랑

할머니 오래 사네요/할머니 오래 사세요
어디쯤 기고 있나/어디쯤 가고 있나
임마 데릴러 와/엄마 데릴러 와
할머니가 장풍으로 쓰러 지셨어/할머니가 중풍으로
쓰러 지셨어

손전화 문자 주고받다 보면 재미있기도 하지만

넘우 잼떠혀, 또 언제 나오져??
ㄴㄱㅇㄴ
앙흉하서1요~+ㅇ+ 답장을
하1쥬ㅅ1다느1~넘흐감소r용~ㅠ_뉴00

이런 글 안 쓰면 왕따 된다 하고
손전화에만 그치지 않고
수업 시간 글쓰기까지 전이된다 하니
아니다 싶다

돌아보자

한글 창제에 담긴 정신

일본침략기 시대 목숨으로 지킨 한글 애국지사
정신

생각해 보자

일본어를 '국어'라 하고, 우리말은 '조선어'라
하였던 것

일본어만 쓰게 하고 우리말과 글은 못 쓰게 한 것

이제 바르게 써 보자

한국 말글 세계에서 배운다

한글날엔 휴강하고 파티 여는 미국 언어학자
맥콜리는 유명하다

이제 가 보자

자랑스런 한글의 좋은 문화 좋은 나라로

사람도 흔들릴 때

사람답게 산다는 것은
흔들리며 산다는 것이 아닐까

바람이 불면 풀잎도 흔들리고
나뭇잎도 흔들린다.

사람에게도 바람은 분다.

바람을 맞고 흔들리지 않는다면 어찌 풀잎이겠는가
바람을 맞고 흔들리지 않는다면 어찌 나뭇잎이겠는가
바람을 맞고 흔들리지 않는다면 어찌 사람이겠는가

풀잎이 흔들릴 때 풀잎 멋이 나듯
나뭇잎이 흔들릴 때 나뭇잎 멋이 나듯
사람도 흔들릴 때 사람의 멋이 난다

ATM

ATM 한 대가 서 있다
홀로 말없이 서 있다

아내와 딸은 ATM에게 다가온다
ATM은 말이 없다
아내와 딸도 ATM에게 말이 없다

아내는 딸에게 사용법을 가르쳐준다
딸은 돈을 빼간다

ATM은 말이 없다
아내와 딸도 말없이 돌아서 간다

그리고
ATM은 쓸쓸히 서 있다.
속으로만 독백을 하며
다시 그렇게 자리를 지키고 있다

빈 통이 되어도 괜찮아
세상을 훨훨 날아다녀라
그러다 힘들면 돌아오너라
그리고 기대어 편히 쉬어라

제 2 부

어머니를 그리며

슬리퍼

어머니 신은 슬리퍼다
바닥 굽은 없고 평평하다
신기 편하고 벗기 편해서다
가벼워서 질질 끌기 쉬워서다

어머니는 혼자 걷기 어려울 때부터
이 신을 신기 시작했다
보행기에 의지하여 걸을 때부터
휠체어 탈 때에도
계속 이것만 신었다.
굽 높고 예쁜 신은
한 번도 안 신었다

자식들과 간신히 외출할 때도
어르신 유치원 요양원에 갔다 올 때도
병원에 갈 때에도 이것만 신었다

그런데
이번엔 신지 않았다.
이것도 필요 없다고 신지 않았다
고운 삼베 버선만 신고 가셨다
슬리퍼를 남기고 가셨다

2011년 8월 9일
어머님께서는 슬리퍼를 남기고 가셨다
삼베 버선만 신고
하늘나라 삶을 살러 가셨다

반짇고리

어머니는 유난히 바느질 솜씨가 좋았다
베도 잘 짜서 베틀에 앉으면
아기 날 일도 미루고 짰다고 한다

늙어서 베를 짜지 못할 나이가 되어서도
바느질만은 계속 했다
속옷도 기워 입으시고
겉옷도 꾸며 입으시고
대나무 베개포도
수건 하나로 거뜬히 만들어 씌워 쓰셨다

안경을 쓰고도 어렴풋해 더듬거려도
늘상 반짇고리 챙겨 두고
실 좀 바늘에 꿰어 달라고 부르셨다

그러나 이제는
그 대나무 베개포 뜯어 벗긴다
기운 속옷 주워 담는다

본때 난 기운 겉옷 훨훨 태운다
어머니 따라 하늘로 올라가도록

이제는
작은 주머니들 담긴
반짇고리만 내 옆에 둔다

어머니의 찬송가 책

어머니는 올해 94세다
전에는 안경을 쓰시고
곧잘 성경을 읽으시더니
이제는 성경책이 무겁다고
아예 덮어 놓았다

이제 어머니는 찬송가가 성경책이다
성경책이 무거워 찬송가를 읽는다
무곡으로 가사만 있는 찬송가다

어머니는 교회생활을 늘그막에 하셔서
찬송가도 잘못 부른다
'예수 사랑 하심은'
구 찬송가 411장만 잘 부른다
처녀 때
옆집 교회 다닌 사람이 불러서 안다고 했다

1년 전만 해도 앉아서 찬송가 책 들고
읽는지 찬송하는지 모르는 소리로
찬송가 가사를 낭독하더니

반년 전에는 이 찬송가마저
무겁다고 잘못 보셨다
그러다가 얼마 전에는
CD로 틀어준 찬송가 소리만
병상에서 들었다

어머니는
마지막에
하늘나라 천군천사 찬송 소리 들으러 가셨다
무곡 찬송가 남겨 두고 가셨다

그리운 어머니

이 논 저 논
이 밭 저 밭
날아가듯 다니시더니
무거운 몸 무릎 관절 다 닳았네

키에 맞춘 보행기에
한두 걸음 옮기시더니
바퀴 달린 보행기를
밀고 다니시더니
아예 휠체어에 앉아 버렸네

휠체어에 앉기도 힘들다고
비스듬히 기대시더니만
아예 병상에 누운 것이
제일 편하다 하네

병상도 힘들다고
이쪽으로 누여라 아이고 아파

저쪽으로 누여라 아이고 아파 하시더니

이젠 아예
두 발 뻗고 누워버렸네
두 손 모으고 누워버렸네
차라리 흙이 제일 좋다 하고
흙과 살란다 하고
곱게 단장하고
말없이 누워버렸네

어머니의 쌍금가락지

어머니는 매일매일 쌍금가락지를 끼고 사셨다
한 때 출퇴근하는 요양원에 다니셨는데
쌍금가락지를 낀 사람은 당신밖에 없고
홑금가락지 낀 사람도 한 명밖에 없다고 했다

"어머니, 왜 금가락지를 끼고 다니세요?" 하면
아무 말이 없지만
그래도 그게 자랑스러웠는가 보다

어머니는 옷도 정갈하게 입으셨다
어머니가 그렇게 많이 안 늙었을 때에는
곱게 차려 입고 나가 아파트 입구에 앉아 바람을
쐬곤 했는데
사람들이 "참 곱게 입고 계시네요."라고 말을
많이 했다

어머니는 기저귀 차고 변을 보지 못한다
미처 변기에 앉지 못하여

팬티에 변이 묻을 때가 있을지라도
기저귀는 차지 않는다
기저귀를 일부러 채워 드려도
변을 볼 땐 기저귀마저도 내리고 본다

그런데 아주 최근 사오 개월은
어쩔 수 없이 기저귀에 변을 봤다
병원 침상에 누워 혼자 앉았다 누웠다 할 수 없기
때문이다
오줌 마렵다 똥마렵다 해도
기저귀에 누라고만 한단다
참다 참다 누는가 보다

어머니는 마지막에 배뇨를 잘못하여 돌아가셨다
1000cc가 들어가면 300cc만 나왔다
그래서 돌아가셨다

이제 어머니는 소변도 대변도 마렵지 않다

쌍금가락지도 빼내고 없다
그냥 두 손 곱게 모으고
다리 곱게 모으고
삼베 저고리 삼베 치마 입고
곱고도 깨끗하게 누워 계신다

3,200원

엊그제 어머니 2주기 추도식으로
우리 집에 형제자매들이 모였다

어머니 몸매 닮은 막내 동생 입을까봐
깨끗한 어머니 옷
옷장에 그대로 남겨 놓았더니
아직 젊어서인지 고를만한 것이 없단다

누나가 말하기를 싹 싸서
고물상에 갖다 주면 돈 준단다

행여 누나가 다음에 물을까봐
한두 개 남겨놓고
남은 어머니 옷을 쌌다

돌아가신 지 2년 동안 손대지 않아
어머니 손으로 곱게 접힌 채 그대로 놓인 옷
곱게 다려진 채 그대로 걸린 옷

몸집이 커서 속옷이 맞는 것이 없어
미국에서 자식이 사다준 속옷
다 떨어지면 어쩔까 싶어
속옷도 기워 입고
고무줄 새로 넣어 가면서 아껴 입으시더니
미처 한 번도 입어보지도 못하시고
그대로 남겨진 속옷

눈물 흘러내리는 눈물구멍이 막혀
그 흐르는 눈물 닦으시려고
항상 들고 다니시던 하얀 가제 수건
곱게 접혀 포개져 있는 어머니 눈물 수건

이제 보자기에 싼다
어머니의 마음을 싼다
어머니의 혼을 싼다

훌쩍거리지 않을 때도 되었는데

이제 환갑이 다 된 내가
이러지 않을 때도 되었는데 괜스레 울먹여진다

가슴 저린 손으로 옷 보따리를 들고
고물상을 찾아서 미련 없이 팔았다
옷 보따리 두 개 시원하게 팔았다

3,200원 받았다
어머니……

어머니의 넋

66을 넘기는 어느 가을날 오후
신안동 녹지공원 길을 걷다 벤치에 앉는다

지난날 어머니가 복음병원 노인 병실에 누워 있던 날
바람이나 쐬어 드릴까 하여
휠체어에 태워 녹지공원을 산책하면
덩굴장미 터널 장미를 보면서 기운 없이
"꽃이 참 예쁘다"

그런 장미꽃이
이 가을에도 몇이 피어 있다

어머니 지금은 흙이 다 되었을 텐데
기억은 나의 가슴을 시리게 한다

그때를 생각하며 걷던 공원길 벤치에
입 벌어진 채 앉아 있는 나에게

기운 없이 휠체어에 앉아 있던
어머니의 넋이 내려왔나 보다

제 3부

세상 이야기 1

울타리에 이기고 외로운 황국은 늦은 향기 더욱 차고

고상한 절개로 더 한층 아름답다 남촌 홍성후

진양호의 봄

그렇게도 화사한 벚꽃이
멀리서 오는 지리산 바람에
꽃이파리 한 잎 두 잎 떨굴 때

진양호의 봄은
화사하게 아려온다

걸어걸어
전망대에 오르면
호수와 먼 산 벚꽃 위에
눈부신 사월의 햇빛이 쏟아진다

아~
가슴 진한 연분홍 설렘이
가득한 진양호의 봄이여

나는 한 마리의 파랑새가 되어
진양호 위를 날아간다

찬란한 햇살을 받으며
진양호의 봄을 노래하며 날아오른다

적석산 진달래

적석산 깔크막
가슴 젖어 흔들리는 길을
한 걸음 두 걸음
497 정상 너럭바위에 오른다

바위 틈새 피고 핀 진달래
진분홍 빛이 쏟아져
정겨운 4월이 피었다

벌써 소쩍새가
슬픔 울음을 울고 가지는 않았을 텐데

남해 바다 갯바람 타고 온
임진왜란 수병들의 애국 넋 탓이런가

진하게 피어 있는 진달래 꽃잎은
남해 수병들 옛이야기로 도란거리며
진분홍 적석산의 봄을 노래한다

유등(流燈)축제 등병(燈兵)이여

임진왜란 넋을 기린
유등이 흘러와서

진주성 등병(燈兵)
창 끝에 빛 밝히고

촉석루 의암 아래
용이 되어 불 뿜으며

민족의 슬픔을
어루만져 달래준다

허나 저 왜(倭) 오늘날도
독도 내 땅 우겨대니

진주 칠만 등병이여
불 밝히고 달려가자

진주 칠만 용들이여
불 뿜으며 날아가자

가서 어둠 물리치고
가서 사악 불살라서

남강 촉석루 의암의 역사를
도도하게 이어가자

신라 선덕여왕 능 앞에서

푸른 논의 바람 지나
굽은 적송 숲길 지나

경주 낭산 사천왕사 지나
꼭대기 도리천*에
신라를 지키려 신이 되어
선덕여왕 잠들어 있다.

농민을 사랑하여
첨성대 세우고
신라를 사랑하여
분황사 구층 목탑 세웠다.

덕만**이 뜻을 세워
여왕이 되었고
여왕이 뜻을 세워
분황사 80미터 목탑을 세웠다.

죽어 뜻을 세워

도리천에 신이 되고

통일신라 업을 이뤄

이젠 솔향 깊~이 잠들어 있다

*도리천: 불교에서는 인간 세상의 한가운데에 수미산이 있고 그 위
　　　　에 6천이 있는데 중턱에는 사천왕천, 꼭대기에는 도리천
　　　　이 있다고 한다. 신라가 곧 불국토라는 관념에 비추어보면
　　　　선덕여왕은 승하 후 도리천에 승천하여 곧 신과 같은 존재
　　　　가 된 것이다.
**덕만: 선덕여왕의 왕이 되기 전 이름.

모산재에서

익어 가는 가을 들판 뒤로 하고
솔숲 지나 바윗길
가쁜 숨 쉬어가며

바위 위 밧줄로
산 버티며 한 발 한 발 오르다 쉬고
바위가 품은 수백 계단
오르다 쉬다 모산재에 오른다.

깊게 푸른 하늘 아래
사방 넓은 산 능선에 능선들이
고구마밭 이랑처럼
파도에 파도를 만들어 오는 그곳에서

거대한 암선(岩船)을 타고
돛대 바위 키를 잡고
바다초록빛(seagreen) 능선이 일렁이는 그곳에서

나는 모산재호 선장이 되어
고래처럼 춤을 추면서
저 푸른 하늘가로 항해하고 싶다

모산재 돛대 바위

한라산 사려니 숲길

성산 유채꽃이 좋다 하여 봄이 왔나 했더니
사려니 숲길 차가운 아침 바람이
나뭇가지를 부벼 으우~ 소리를 낸다
조릿댓골 잎사귀도 스아악~ 소리 낸다

이름 모를 산새 찌지쫑 찌조옹 소리 내고
간간이 들려오는 휘파람새 소리
신록의 연초록 소식처럼 들리지만
가까운 곳 먼 곳 까마귀는
무얼 바라 저리들 우는가

바람 소리 깊이 숲을 깨우고
노랗게 핀 복수초
봄의 전령처럼 봄이 옴을 알리지만
졸참나무 서어나무 단풍나무 가지 끝에는
아직 겨울이 대롱대롱 매달려 있다

성산 일출봉,
당신은 왕관을 쓸 수 있습니다

바람이 분다
비바람이 분다
성산 일출봉 몸통 곳곳이 바람에 씻겨 나가고
바람비에 파여 나간다
세월의 아픈 흔적들을 곳곳에 간직한 채
오늘도 온몸으로 견디고 있다

한국 사람 중국 사람 러시아 사람
몽고 사람 일본 사람 미국 사람
시끌벅적 소리 소리가
길을 따라 오르내리다
바람 따라 오르내리다
봉우리에선 깊은 분화구 터에
말없이 내려앉는다

바람 비바람이 불어치다가
소리들이 시끌벅적 떠들다가
파도가 물결 따라 부딪치다가

구름이 바람 따라 흘러가다가
모두가 고요히 머무는 그곳
일출봉 분화구

저리도 둥그렇게 마음이 크니
비바람도 시끄러운 소리도
파도도 구름도 세상 모든 풍파도 가슴으로 안고
온화한 모습으로 둥그렇게 미소 지으며
먼 곳 수평선의 넓디넓음과
높은 하늘의 푸르디푸름을 머금고 있는
당신은
진정 99 왕관*을 쓸 수 있습니다

*성산 일출봉은 99개의 크고 작은 바위로 둘러싸여 왕관
  형태를 이루고 있다.

진양호 동물원 물개

아마도 우리나라 동물원 중에서 가장 작을 거다
그래서 물개 놀이터도 가장 작을 거다
물 공간은 세 평도 안 될 거 같다

물개 한 마리 씩씩하게 헤엄친다
이쪽 왔다 저쪽 갔다 또 이쪽으로 저쪽으로
뭐가 그리 멀다고 재빠르게 왔다 갔다 할까

성질 급한 사람들은
그리 작으면 속 터져 죽기라도 하던데
그래서 저놈도 넓은 바다 생각하면
죽을 수도 있겠거니 이해하고도 남는데

오늘도 저놈은 태평양이나 되는 것처럼
씩씩하게 헤엄치며 행복하게 살고 있다

경포대 갯바위

동해 바다 망망대해
거대한 힘을 실은 바닷물이
해변으로 덮쳐 온다

으르렁 으으러러—o 처얼썩
쏴아아아—
우우— 웅— 철썩
갯바위를 친다

사람 같으면 단번에
나가떨어질 힘으로 갯바위를 친다.

억겁의 힘으로 몰려와 쳐도
억겁의 세월 동안 버텨온 갯바위

몰려오는 바다를 보고
멀찌감치 도망가고 싶기도 하겠지만
결코 물러서지 않고

고스란히 제자리에서
당당히 맞고 또 맞으면서
바다를 이겨가고 있다

남강 가에서

강 건너 산 벚꽃이 화사하게 피어나면

멈추는 듯 흐르는 남강 위에는
연초록 버드나무 그림자 드리우는데
남강이 못내 아쉬워
미처 떠나지 못한 오리
물풀 주위에 미끄러져 논다

강가 바위 위에 앉았다가
스스로 옭아 맨 바쁨 속에서
이제 일어나 가야지 서두르는데

앞산의 나무며 바위는
평생토록 한 자리에서도 즐겁다
말하네

이수도(학섬)의 아침 풍경

먼 하늘이 동터오면
이수도 앞바다도
먼 곳 남동 해안에서
거가대교를 따라 바람이 불어오고
파도는 하얀 이빨을 조금씩 드러내며 밀려온다

조그마한 어선이 돌고래처럼
자맥질하면서 포구로 돌아오면
갈매기 떼 어선 따라 바쁘다

빨간 등대 하얀 등대가
수문장으로 지키고 있는
조그마한 항구 둑엔
작은 어선들이 줄줄이 목을 매달고 있고
부지런한 어부 몇 명이 어구들을 손질하고 있는데
민박집 아주머니는
바닷물에 담가 두었던 그물망 속 멍게를 꺼내간다

민박집 휴가객 몇 명이
항구를 느릿느릿 거니는데
뭍으로 나왔던 게 몇 마리 도망가느라 바쁘다

삼천포 각산 이야기

케이블카 타고 삼천포 대교 옆을 지나
초양도를 돌아 다시 죽방렴을 내려다보고 가다가
각산 정류장에 내려 계단을 올라
봉화대를 뒤로 하면
크고 작은 섬들이 다가온다

남으로 늑도 장구섬 사량도가 가까이 소곤거리고
멀리 연화도 욕지도 두미도가 안개에 아련하다
서로는 더 멀리
태방산 금산 망운산 금오산이 희뿌연히 그립다

금산 구정봉, 금오산, 태방산 봉수대에 불이 오르면
각산 봉수대에서도 불이 올랐었는데
이제는
멀리 봉수대에 붉은 낙조가 타오르면
각산 봉수대에서도 노을이 타오르고
실안 앞바다는 노을빛에 부서진다.

고즈넉한 섬마을이 붉은 물결에 취하다가
밤바다 소리에 잠들어 가면
마을 가로등만 하나 둘 불 밝히고 있다

황매산 억새꽃길의 노래

봄이 오면 붉은 철쭉꽃 향기
능선 넘어와 연한 억새풀 키워낸다

억새는 여름 천둥 비바람에 흔들리며
안으로 인고를 거듭하며 억세어진다

가을 떡갈나무 잎이
스산하게 부벼져 소리를 내면
억새꽃 피어나
따스한 햇살 받아 눈밭처럼 하얗다

먼 곳 바위는 말없이 황매산을 지키고 있는데
바람에 흔들리는 억새꽃길 여인의 마음은
어느덧 시인의 은빛 노래가 된다

고남산(古南山)에 올라 보니

지리산 천왕봉에서 북으로 흘러내려
바래봉 지나 운봉 뒷산 고남산

고남산 북으로 넘어가면
운봉보다 아주아주 낮게
요천과 육포들 지나
산동 대촌 마을이 있는데

어릴 적 소년은 남으로 앞 산
높디높은 고남산을 바라보며
산 너머 운봉에는 무엇이 있을까
몹시도 궁금하였었는데

세월이 흘러 고남산 올라보니
고려 장수 이성계
인월에 진치고 있던 왜구 치러 가기 전
제단 쌓고 산신제를 지내던 그곳에 올라 보니

운봉의 넓은 황산벌에는
황산대첩의 기개가 서려 있고
그 너머 더 높은 지리산 봉우리들
이상을 왜보다 더 높게 가지라 하네

제4부

세상 이야기 2

몽골 칭기즈칸 동상 앞에서

푸른 초원 달리는 능선
끝에 끝을 이어간다

말달리던 기병 소리
거침없는 칭기즈칸

구름이 흘러가니
세월이 흘러가서

그의 기개 빈 공간에 머물고
철마만 향수를 달랜다

2011. 6. 22. 칭기즈칸 동상 앞에서

몽골 이태준 열사 기념 공원 앞에서

병든 자 가슴 아파
의학을 업 삼았다
조선 백성 고통 아파
독립 운동 업 삼았다

식민 조선 가슴앓이
그들을 사랑하여
중국으로 몽골로
독립 운동하다가

몽골 백성 몽골 보그드 칸
그들을 사랑하여
의술 인술 베풀다가

러시아 남작 운게른에
고귀한 목숨 잃어버렸다.

이젠
임이 간 버그드 산자락에
몽골 사랑 노래로만 남아 있다

연변 찬가

안중근 윤동주
별들로 꿈 키운 곳
그들을 우러르며
연변 땅 밟아본다

푸른 산 넓은 들에
대성 학교 우뚝 솟고
한 줄기 해란강은
다시 돌아 흘러간다

푸른 들판 지나 산 위 일송정
다시 심은 푸른 솔
그 기상 그 높음은
천대 이어 펼쳐지리

2012. 8. 6. 연길의 산 위 일송정과 일송을 바라보며

백두산

백두산 올라보니 만 숲이 평화롭다
영산이 다스리시니 우거짐이 더욱 깊다

천지를 바라보니 깎아지른 절벽 아래
하늘 담아 깊어지고 하늘 닮아 넓어진다

하늘 자비 넘친 천지 폭포수로 낮아진다
두만 압록 흘러가며 민족 역사 삶을 산다

어제도 흘려보낸 천지수 오늘도 흘러가고
내일도 흘려보내어
민족을 적셔주는 통일 영산 되오시라

2012. 8. 7. 백두산 천지 앞에서

아, 국내성

압록 강변 집안 땅에
고구려 터를 잡아
국내성 성을 쌓고 그 위용 펼쳐냈다

만주 벌판 말 달리며
호령하던 그 옛날의 그 기개

귀인총 장군총 호태왕릉 호태왕 비
높세우고 곧세워서
고구려를 키우더니

지금도 그 뜻 전하여
한반도에 펼쳐가며
이 백성 곧세우고 이 민족 높세운다

2012. 8. 8. 고구려 국내성(현재 집안)
호태왕(광개토대왕)릉 앞에서

메콩강 사람들

수천리 물길을 따라
흐르고 흘러 프놈펜에 도착했다.
세상 모든 아픔을 알고 앓아
흙탕물이 되었을까
네팔 히말라야 사람들 삶이
앙코르 와트 사원의 탑을 쌓던 석공의 돌소리가
킬링필드의 피묻은 절규가 섞이어
황토 합수물이 되었다

메콩강 위 강사람들
넓고 넓게 흐르는 강 위에서
흘러가는 물처럼 물이 되어 산다.
낙엽 같은 배 위에 지붕을 치고
어머니 아버지 어린 자식들이
그물을 내리고 올려
피라미 몇몇을 떼어 낸다

무슨 꿈을 꾸고

오늘도 내일도
그물을 내리고 올릴까

'꿈은 무슨 꿈, 그저 살아간다오'

어제도 오늘도 그리고 내일도
흐르는 짙은 황톳빛 강물 위에서
그저 책상보만한 지붕을 가진 배 위에서
흐르는 강물을 보며
그저 조그마한 피라미나 몇 마리 잡으며
둥둥 떠다니며 그냥 살아가는 메콩강 사람들

(2015. 1. 6. 프놈펜 메콩강 위에서)

킬링필드의 새소리

치르르치시 시리리르르
어머니의 가느다란 흐느낌마냥
이 나무 저 나무로 옮겨 다니며
새가 운다
치르르치시 시리리르르

어린이의 몸을 내동댕이쳐 죽인
나뭇가지 위에서
고통의 소리 죽이는
제음(除音) 나무 가지 위에서
시르르치시 시리리르르 흐느낀다

이유 없이 죽임 당한
8,000여 주검들의 혼이 모여
빚어진 원혼의 소리인 양
치르르치시 시리리르르 울음 운다

8천여 유골들의 나약한 반항인 듯
아직도 힘없어 죽음을 외치지 못한
힘없는 반항인 양

주검 묻힌 땅 위 나무 위로
서러워도 크게 울지 못하고
가느다랗게 울음 우는 새

서러움과 억울함을 알고 있을 나무 위
가지가지를 날아다니며
아픈 역사의 울음을 운다

(2015. 1. 7. 캄보디아 킬링필드 역사의 현장에서)

앙코르 사원

수십 킬로 떨어진 사암지대에서
코끼리, 뗏목에 실리어 이곳에 왔다

수백 킬로 무게의 커다란 돌 위에
또 다시 커다란 돌
올려놓은 모습이 앙코르 제국

천년만년 무너지지 않을 돌로 쌓은 제국이건만
커다란 나무 뿌리 파고 드니
사원이 조금씩 무너지네
앙코르 제국이 무너지네

두어라 두어라
돌을 깎아 보수한들 무엇하랴
세월의 뿌리와 비바람을 어이 피하랴
흐르는 강물처럼 흘러가면
또 다른 제국이 채우지 않으랴

(2015. 1. 8. 앙코르 사원에서)

라오스 메콩강

메콩강 조용히 흐르는 강변
야자수 우거진 사이사이
붉은 집들이 이층 지붕을 이고 들어선
라오스 마을들은
조용히 아침을 맞는다

방비엔 기암괴석 사이로 흘러내린
탐쌍동굴 부처님의 마지막 설법이
메콩 강물 타고 흘러 흘러
비엔티엔 사원 곳곳에서
불상의 미소로 피어나고
불상으로 자리 잡은 집집마다
순수한 미소로 잠긴다

세상이 헌사롭게 법석이지만
부처님 수도하는 모습으로
유유히 흘러가는 라오스의 메콩강은

조용히 합장하고 헌사로운 새날들을
흘려보내고 있다.

(2018. 6. 라오스 비엔티엔에서)

쉐팔톤 키알라의 겨울 한 컷

맑은 하늘 싸늘한 바람
키알라의 겨울은 한가롭다.
넓은 초원에는 양떼 소떼 풀 뜯고
하늘엔 구름이 뭉게뭉게 피어난다

키알라 거리 늘어선 유칼립투스
빠알간 꽃봉오리 떨어뜨리고
집집마다 서 있는 나무에는 새떼들이 찾아온다

노란 부리 청갈색 새 떼 치지때대
떨어진 올리브 열매 하나 찾았다
부리로 물고 땅에 부딪치며 살점을 떼어 먹는다
옆 노랑부리 새 달려들어 빼앗으려 하지만
열매 물고 달아난다
나뭇가지 앉아 있던 노랑부리 새 날아 달려드니
놓고 달아난다
다른 노랑부리 새들이 달려든다

땅보다 넓은 파란 하늘엔 구름 떠 있고
나무 나무들엔 앵무새 날아다니는데
가까운 초원엔 말 두 마리
먼 곳 숲가에선 캥거루 가족들이 풀을 뜯는
쉐팔톤 키알라 겨울 한 켠은 한가롭다

땅보다 넓은 파란 하늘엔 구름 떠 있고
나무 나무엔 앵무새 시끄럽게 날아다니는
쉐팔톤 키알라 겨울 한 켠은 한가롭다

(2018. 7. 멜버른 근교 쉐팔톤에서)

리버우드 파크(Riverwood Park)

거대한 유칼립투스 숲

희뿌연 녹색 잎이 바람에 흔들거리며

세상 이야기하면

구멍 난 나무들은 웅웅거리고

죽어 뼈다귀만 앙상한 나무는

하얀 이빨로 추억을 이야기한다

숲속 작은 강은 흙탕물

속살을 감추고 말없이 듣는다

거센 바람이 검은 비구름을 몰고 오면

흔들거리는 나뭇가지는 겁에 질려 요란스럽고

나무 구멍에선 늑대 울음소리 낸다

강물이 일어나 흑룡이 되어 날아다니면

검은 혹부리 나무는 거인처럼 성큼성큼 다가온다

무시무시한 공원 숲도

비바람 그치면

하이얀 앵무새 꽤-애-ㄱ 꽤-애-ㄱ

이 나무에서 저 나무로 날고
숲가에 매어놓은 그네도 이내 잔잔해지면
숲가 작은 집에서는 조용한 숲의 이야기가 들린다

(2018. 7. 27. 멜버른 근교 쉐팔톤 리버우드 공원에서)

미국 브라이스, 자이언,
그랜드 캐니언의 노래

그분이 조각하셨다
억만년의 세월 동안
말없이 고요히 세상 깊이 잠든 사이
깎고 다듬어 내셨다

섬세하신 그분의 자상하심이
이슬과 빗물과 새 소리로
브라이스 캐니언의 조각조각을
섬세하고 자상하게 만드셨다

장엄하신 그분의 광대하심이
무지개 같은 손길로
자이언 캐니언의 장엄한 조각들을
광대하고 널따랗게 조각하셨다

깊이를 모를 그분의 그윽하심이
콜로라도 강물로 어루만져
그랜드 캐니언의 웅장함을 조각하셨다

누가 그분이 구상하심을 보았을까
누가 그분이 조각하심을 보았을까
새소리 같은 브라이스 캐니언
무지개 같은 자이언 캐니언
거친 물결의 부딪침의 그랜드 캐니언을 보았을까

누가 그분의 노래하심을 들을까
누가 그분의 사랑하심을 만질까
누가 그분의 광대하심을 느낄까

무두불(無頭佛)

태국 아유타유 사원 한 쪽에
목 잘려 머리 없는 불상들이
나란히 수행을 하고 있다
미얀마와 전쟁으로 목이 잘려
몸둥이만으로 수행을 하고 있다

불법(佛法) 수행자들
머리 없는 몸만으로도 족하다 하네
더 가지려는 욕심 버리면
남의 머리 쳐내지 않고도
머리 없이도
지족(知足)의 즐거움이 있다 설법하네

설법 듣는 태국민들
지족의 즐거움을 수행하고 있네
더 가진 자 시기하지 않고
욕심 버리고 살아가고 있다 하니
무두불이 다 되었네

(2020. 1. 14. 태국 아유타야 불교 유적지에서)

콰이강 철교 위의 개

일본군 욕심 부려 조선을 빼앗더니
더 큰 도둑 되어 중국을 빼앗고
동남아시아를 훔치려
콰이강의 다리를 놓았다
연합군 포로 잡아 개같이 다루며
다리를 놓았다

세월 흘러
과거의 쓰라린 아픔은
연합군 묘지, 제쓰 전쟁 박물관
콰이강 철교 위에 남아 있는데

철교 위에 몇 마리 개가 엎드려 있다

일본군
불교의 나라 태국에서
윤회의 법 따라 개가 되어
콰이강 철교 위에 엎드려 있는 걸까

(2020. 1. 15. 태국 칸차나부리 전쟁 유적지에서)

제5부

아직도 부족한 사람

시내산(호렙산)

이백 만 군중을 이끌고
인도할 법을 받기 위해
구름과 번개와 천둥 사이로
모세가 올랐던 호렙산을
이제 세월이 흘러 내가 오른다.
감히 낙타를 타고 오른다

자갈길과 계단을 타고
오르는 길목마다 베드윈 상점들이 널려 있고
삶을 위한 베드윈 아이들의 언어들이
차라리 슬프다

동행들과 잡담하며
오르는 그 길에서 호렙산은 느낌이 없고
호렙산 정상에서 오가는 언어들 속에서도
모세의 두려운 느낌이 없다

내려오는 길 어두워지고

홀로 그 분의 음성을 듣고자 하나
바람만 횡하니 지나는데
문득 하늘 보니
호렙산 위 별들 영롱하고 은하수 길게 흐른다

세미한 음성으로 오셨던 하나님
지금은
바람을 타고 은하수로 흘러오는가

(2012. 7. 13. 호렙산에서)

낙타

낙타를 타고 시내산을 오른다
앞서 가는 낙타 무릎을 본다
무릎 꿇어 생긴 낙타 무릎이다

낙타는 가끔씩 뒤를 돌아본다
두 귀는 뒤로 향하기도 한다
뒤에서 들리는 주인의 소리를 듣기 위해서다
주인의 소리가 들리지 않으면 가지 않는다

낙타는 다리가 길다
세 개의 관절로 되어 있다
이들을 펴면 길어져 멀리 볼 수 있고
이들을 굽혀 앉으면 낮아져 사람을 태울 수 있다

낙타가 무릎을 꿇는다
세 개의 관절로 낮아져 하나님을 모신다
낙타가 귀를 뒤로 한다
귀 기울이며 하나님 소리와 함께 간다

낙타가 뒤를 돌아본다
뒤돌아보며 하나님과 동행한다

(2012. 7. 13. 호렙산 낙타 위에서)

광야

당신은 메마른 바람 그리고 뜨거움으로
빚어진 질그릇을 굽는다
질퍽한 애굽 진흙으로 빚어진 질그릇을 깨고
새 질그릇의 이스라엘 백성을 굽는다

광야는 뜨거운 가마처럼 달구어서
터지고 깨지고 부셔진 것을 버린다
40년 동안 다시 또 다시 빚어서
마침내 구워내어
'젖과 꿀이 흐르는 가나안'으로 이름 짓는다

광야는 쉬임없이 굽고 또 굽는다
지금도 깨고 또 깨버린다
새로운 가나안으로 이름 짓기 위해서

당신이여
나는 언제나 가나안일까요

(2012. 7. 13. 시나이 반도 광야에서)

통곡의 벽에서

나라를 빼앗겼다
성전을 빼앗겼다
울며 울며
벽에 대고 통곡하여
통곡의 벽이 되었다

몸을 빼앗기고
마음도 빼앗겼으니
이제는
통곡의 벽에 손을 대고
통곡하라 통곡하라

아
아무것도 아닐 바엔
차라리
유대교인이 되어라
바리새인이 되어라
율법주의자가 되어라
통곡의 벽에 입을 맞추고

부족한 사람을
통곡하여라 통곡하여라
새사람으로 거듭나거라

(2012. 7. 14. 통곡의 벽 앞에서)

어느 순례자의 묵상

십자가에 죽으신
예수님을 내려 누이셨던 돌판
순례자들 입 맞추며 애 절인다

어느 순례자
빌라도 법정에서부터 따라 나서
채찍 맞은 그를 보고
십자가 지고 가다 쓰러진 그를 보고
창에 허리 찔려 죽으신 그를 보고서도
돌판에 누이신 예수님에게서
멀찍이서 서성거리기만 한다
대제사장 가야바 집 뜰
멀찍이 서성거리는 베드로마냥

아무도
네가 그를 따라다닌 사람이지
묻는 사람 없어도
예수님 주검 뉘셨던 돌판 주위를

멀찍이 돌고만 있다

여러 순례자들 돌판 위에
입 맞추며 눈물이 흐르는데
어느 순례자 돌판 주위를
멍한 눈으로 서성거리고만 있다

(2012. 7. 14. 죽으신 몸 누이신 돌판 옆에서)

일용할 양식

'오늘날 우리에게 일용할 양식을 주시옵고'
기도하는 사람들
배부른 양식을 찾아다닌다

상아탑을
월가의 뒷거리를
정치의 꿈속을
찬란한 도시의 빛을 찾아다닌다
깊은 산속의 도를 찾아다닌다

다니다
다니다
예루살렘길 마가의 다락방 창가를 다니다
빵과 포도주로 주신 일용할 양식을
골고다 언덕에서 만난다

이제
말씀으로 빚어본다

골고다 언덕 언저리에서
빵과 포도주로
일용할 양식을 빚어본다

(2012. 7. 14. 오순절 날의 다락방에서)

아직도 무릎 꿇지 못했나 보네

나귀 등 타고 가신 예수님
종려나무 가지 밟으며 듣네
호산나 호산나

왕으로 오신 예수님
양문을 통해 들어가네
흠 없는 제물이 되시려네

가야바 법정에서
베드로의 나약함을 사랑하시고

두 손 묶이어
말없이 가야바 지하 감옥으로 내려지시네

구속의 제물 되시려고
온갖 어둠의 시험 감당하시네

이제 내가 그 예수님 만났으나

밧줄 달아 내리신 지하 구덩이 감옥에서
나약한 나를 사랑하시려고 갇혔던
예수님을 보았으나

이유 있는 눈물도 흐르지 않고
베드로의 벽을 친 통곡도 아닌
나
아직도 무릎을 꿇지 못했나 보네

(2012. 7. 14. 가야바 지하 감옥에서)

갈멜산

이제
엘리야의 크신 믿음을 소망하며
850미터 갈멜산을 오른다

이방신 선지자 850명
울부짖는 소리 잦아들고
하늘로 내린 하나님의 불
제물을 태운 갈멜산

기손 강가에서
바알과 아세라 선지자를 죽인다
바알과 아세라를 죽인다

갈멜산 정상에서
드보라가 보인다
수넴 여인이 보인다
이스르엘 평야가 보인다
엘리야의 불이 보인다

엘리야의 불을 들고 보니

갈멜산의 열망을 이룰

예루살렘과 유다와 사마리아와 땅 끝이 보인다

(2012. 7. 15. 갈멜산에서)

주여, 외면하여 주옵소서

"네가 아들을 낳으리라"
저는 감당할 수 없는 처녀이옵니다
"하나님의 뜻이니라"
제가 받들겠나이다

마리아의 수태고지 우러러집니다만
주님 말씀하셔도 감당할 수 없사오니
차라리 주여 외면하여 주옵소서

(2012. 7. 15. 막달라 마리아 집터에서)

갈릴리 노래

호수가 노래했다
갈릴리를 노래했다
잠자는 호수 위에서 바람으로 일어나
갈릴리 가버나움 예루살렘까지
텔단 가이샤라빌립보 고라신까지
언덕을 넘어 바람으로 노래했다

호수가 노래한다
갈릴리를 노래한다
호숫가 언덕 위
팔복교회 오병이어 교회
수위권 교회 위에서
부는 바람을 타고 노래한다

호수가 노래한다
갈릴리를 노래한다
바람을 타고
언덕 넘어 예루살렘을 넘어

유럽 아시아 아프리카를 넘어
땅끝까지 노래한다

가슴 텅 빈 구멍을 내고
갈릴리 언덕을 넘어
광야를 지나 바다를 일렁이며
노래는 바람을 타고
오늘도 내일도 세상을 사랑으로 노래한다

(2012. 7. 16. 갈릴리 호수에서)

러시아의 영원한 불꽃

러시아 도시 곳곳에 서 있는 정교회
그 안에는 촛불이 밝혀져 있다
그분의 사랑을 밝히며
빛으로 러시아를 비추고 있다.

스탈린의 폭풍우 같은 피바람에도
흔들릴 뿐 꺼지지 않은
영원한 사랑의 불꽃이 타고 있다

할아버지가 아들에게
아들이 그 아기에게
세례를 받히며
영원의 불꽃으로 타고 있다

십자가의 그분 앞에서
감히 앉지도 못하여
의자 없이 서서 그분을 찬양하고
무릎 꿇고 기도하는

하나하나의 촛불로 빛을 밝히고 있다

영원하여라 임의 불꽃이여

촛대 위에 초를 꽂고 불을 붙여본다
그분의 사랑을 소망하며 불을 밝혀본다
러시아 그대들의 참 불꽃으로
세상이 밝혀지도록
촛대 위에 불꽃을 더하여 본다

(2019. 8. 5. 러시아 정교회에서 아기 세례 장면을 보며)

바람은 이제 어디로 떠나려 하는가

그분은 먼 하늘가에서 바람을 만들고
바람은
전라도 춘향이골 산동 대촌의 산골에서
동심으로 이리저리 낙엽을 뒹굴린다
시골 집 앞마당과 뒤안 장독대를 휘돌아
마을 앞 육포들과 뒷골 밭과 산을 돌아
섬진강 상류 요천에서 소먹이는 아이들과
미역 감는 아이들의 소리를 실어 지나간다

바람은 완행기차를 타고 가서
멀리 전주 기린봉 아래 자리 잡은
남노송동, 중노송동 집에 머무르다
중이 때 아버지가 가신 텅빈 구멍 사이를 휑뎅그레
스쳐간다
바람은 홀어머니 한숨과 땀과 눈물로 지새는
산 꿩 우는 그곳에 머물러야 하지만
바람은 그녀를 외면하고 공고를 지나 세상으로 가지
않고

또다시 홀어머니의 피와 눈물과 한숨을 짜내며
스쳐가야 했다

바람은 이 년 동안의 교대 학창생활을 마치고
이제는 한 곳에 머무를 수 있었을 텐데
바람은 또 무슨 바람을 갖고 또 불어가는가
세관 생활을 하며 주경야독 야간대로
다시 대학원으로 바람은 불어
늘어난 아내와 자식 돌볼 새 없이 바람은 불어간다

바람은 무주 부안 김제 초등 아이들과 바람개비를
돌리다
진주에 있는 교대까지 와서 바람은 잠시 머물다
간다

바람은 이제 또 어디로 떠나려 하는가
그저 산들바람처럼 살랑거리며 그 주변에 멈추어도
되련만

또 떠나야 한다

그분이

바람을 일으키는 그분이 보내는 대로 바람은

떠나야한다

바람을 멈추는 그곳에서 또 멈추다가

그분 속에 사라질 때까지 또 바람은 불려 가겠지

학문 연구와 교직 생활을 한 지도 어언 40년이 다 되어 간다. 그 사이 우리나라 근대국어를 비롯한 국어의 역사적인 모습들을 연구하기도 하고, 우리 국어 교육이 가야 할 길과 방법들도 연구하면서 학생들을 지도하였다. 대학원에서는 외국인들에게 한국어와 한국 문화를 어떻게 지도할 것인가를 연구하여 지도하였고, 또 외국인 근로자들에게 직접 찾아가 자원봉사자로서 한국어 지도를 하면서 지내왔다. 그 동안 나름대로 열심히 살아 왔지만 더 열심히 하지 못한 것 같아 학생들에게 미안한 마음이 앞선다.

세월은 유수같이 흘러서 벌써 정년을 맞이하게 되었다. 그동안 여러 삶을 살아 왔지만, 스스로 부족함을 느끼면서 삶에 대한 아무것도 기록하여 놓지 않았다. 그러다가 늦게나마 2011년도부터는 나의 생각과 감정들을 짧은 글로 적어보았다. 이러한 것들도 남겨서 무엇 하랴 하는 생각이 많이 들었다. 글 솜씨도 없어서 남 앞에 내놓기 부끄럽기까지도 하였다. 하지만 이러한 작은 이야기들이 읽는 이들의 삶에 공감될 수 있다면, 읽는 이들의 마음에 작은 의미라도 갖게 해 준다면, 나름대로 작은 보람이 되지 않을까 하는 마음에서 감히 세상에 내어 놓게 되었다.

그동안 나의 곁에 있어준 사랑스러운 아내, 귀여운 딸들, 또 내가 나 되게 만들어 주신 부모님, 형제자매들, 친지, 친구, 동료들을 비롯한 많은 지인들에게 그동안 함께 해 주어 행복했다고 말하고 싶다. 그리고 여러 선생님, 많은 제자들, 목사님과 교인들 그리고 무엇보다 내가 믿는 하나님이 나를 복 있는 사람으로 만들어 주셔서 오늘의 내가 있게 되었다 생각된다. 모두에게 감사를 드린다.

2020. 02. 02

남촌 류성후